Bon anniversaire
Barbaclou

Responsable de la collection : Frédérique Guillard
Direction artistique : Bernard Girodroux, Claire Rébillard, Laurence Moinot

CLAUDE CLÉMENT

Bon anniversaire, Barbaclou !

Illustrations de Rémi Saillard

NATHAN

« Quand on enlève

une princesse et qu'elle est

un peu trop chipie,

on voudrait s'en débarrasser.

Mais, une fois qu'elle est

partie, on recommence

à s'ennuyer ! » se dit Barbaclou

en sillonnant les océans

et les mers sur son bateau

blanc, jaune et vert.

Son brave chien Paille-de-Fer
ne parvient plus à le distraire.
Gras-de-Jambon et ses rôtis
lui coupent vraiment l'appétit.
Les bons mots de Bec-à-Blaguer
le feraient plutôt sangloter…

Barbaclou est très déprimé !
Lui, qui était fier d'être
méchant, regrette
de n'avoir pas d'enfants.

Et il soupire à tout moment :
– Ah ! Si j'avais un garçon,
je gonflerais pour lui un ballon
dans un de mes vieux caleçons.
Je lui façonnerais des billes
avec des crottes de requin…

Ensemble, nous jouerions
aux quilles avec mes amis
les pingouins. Je lui apprendrais
des refrains de boucaniers
et de marins, à danser
en avant-en arrière en tirant
des coups de revolver…
Je lui enseignerais comment
devenir un vrai forban…

Si j'avais une petite fille,
je tricoterais des espadrilles
en forme d'étoile et de cœur
dans un filet de pêcheur…
Je la ferais rire aux éclats
en jonglant avec des oursins…
Je lui ferais des câlins
en la portant dans mes bras…
Je la couvrirais de bijoux
du menton jusqu'aux genoux…
Je la ferais couronner reine
par Mesdames les Sirènes…
Ah ! Quel bonheur ce serait là !
Mais, des enfants…
JE N'EN AI PAS !

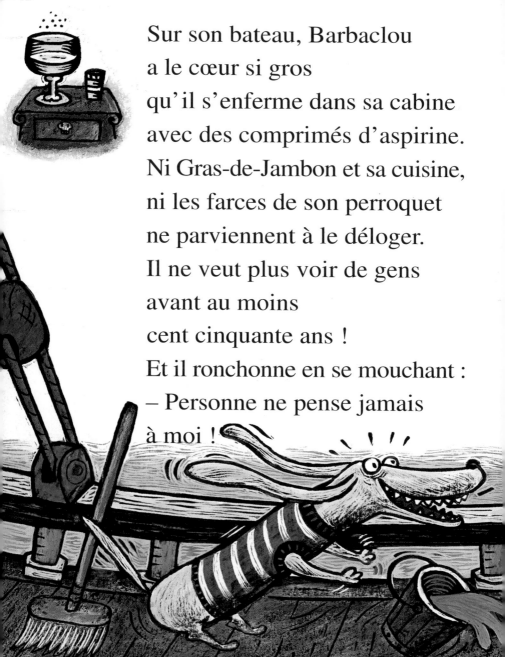

Sur son bateau, Barbaclou
a le cœur si gros
qu'il s'enferme dans sa cabine
avec des comprimés d'aspirine.
Ni Gras-de-Jambon et sa cuisine,
ni les farces de son perroquet
ne parviennent à le déloger.
Il ne veut plus voir de gens
avant au moins
cent cinquante ans !
Et il ronchonne en se mouchant :
– Personne ne pense jamais
à moi !

À ce moment, un vaisseau
du roi apparaît à l'horizon.
Et Paille-de-Fer s'écrie :
– Mais… C'est notre Princesse
Chipie !
– Salut ! équipage miteux…
Où est mon corsaire
grincheux ? lance Sa Petite
Altesse. Ça n'a pas l'air d'être
la joie… Heureusement
que je suis là !

Et elle se met à chuchoter
des secrets à l'oreille
de Bec-à-Blaguer.
Le perroquet s'écrie :
– Mais, c'est vrai ! Nous
n'y avons même pas pensé…

Alors, sur le pont du navire,
l'équipage se met à construire
un manège extraordinaire.
Sur son pilier central flotte
un grand drapeau corsaire.
À la place des chevaux de bois,
on met de vrais poissons géants
flottant dans un immense baquet.
Ensuite, contre le bastingage,
on dresse une table de banquet.
Princesse Chipie, d'un air
très sage, dans un canon,
glisse un paquet…

– Voudrais-tu sortir de ton trou,
espèce de pirate mou ?
crie la princesse à son ami.

Mais Barbaclou, en bonnet
de nuit, refuse de quitter son lit.
Alors, Princesse Chipie décide
de défoncer la porte fermée
à coups de pied. Barbaclou,
en pyjama, doit bien finir
par se lever. Mais il n'est
vraiment pas content !
Bien alignés en rang d'oignons,
Princesse Chipie,
Gras-de-Jambon, Paille-de-Fer
et Bec-à-Blaguer se mettent
tous à chanter :

Bon anniversaire
Nos vœux les plus sincères
À notre très cher
Et bien-aimé co-or-saire !

Barbaclou est très étonné.
Il semble même consolé.
Mais au moment où il veut
monter sur le manège, celui-ci
se met à tanguer, bouillonner,
éclabousser… Le pauvre pirate
pousse un cri et se retrouve
assis sur un espadon.

Le nez du poisson troue
son pantalon et le corsaire
en colère s'accroche
à un autre poisson.
Mais c'est un poisson-scie
qui veut scier la barbe
de Barbaclou ! Le pirate croit
devenir fou…

Il abandonne le manège
pour plonger dans le baquet.
Mais au lieu de pêche
miraculeuse, des homards sortent
de l'eau écumeuse en jouant
des castagnettes avec leurs pinces
au-dessus de leur tête.

L'un d'eux, avec trop d'ardeur,
s'accroche au nez
du plongeur… Barbaclou,
les narines pincées,
crie d'un ton très enrhumé :
– J'en ai assez !

Heureusement, Gras-de-Jambon
avait caché, sur la table
de banquet, sous une voile
rapiécée, un gâteau
en forme d'île au trésor
avec des palmiers-bougies.
L'équipage chante très fort,
dirigé par Princesse Chipie :

Bon anniversaire
nos vœux les plus sincères,
que cette douceur
vous apporte le bonheur !

Enfin attendri, Barbaclou souffle
ses bougies.
Une étincelle poussée par le vent
allume la mèche du canon.
Et, dans une énorme détonation,
le paquet que Princesse Chipie
avait caché dedans s'élance
vers les étoiles…

Au-dessus des voiles explose
un feu d'artifice.
Dans le fabuleux tintamarre
des fusées et des pétards,
les cinq amis s'amusent
très tard…

Le lendemain matin,
le vaisseau du roi revient.
Princesse Chipie doit
s'en aller… En s'éloignant,
elle crie :
– Alors ? Il était réussi,
ce drôle d'anniversaire ?

Barbaclou, très fatigué, grogne
entre sa barbe et ses dents :
– Oui ! Mais je crois que,
finalement, j'attendrai bien
cent cinquante ans
avant d'avoir des enfants !

Claude Clément

L'enfance de Claude Clément a été bercée
par les paysages marocains. Grande voyageuse,
elle a poursuivi ses études en Tchécoslovaquie
avant de venir s'installer à Paris.
Ce qu'elle aime par-dessus tout, c'est inventer
des histoires et les raconter !

Rémi Saillard

Il est né dans le Jura, au bord d'une rivière.
Si vous passez par là, demandez aux truites
qu'elles vous racontent quelques bonnes
histoires à son sujet.

*Retrouve Princesse Chipie, Barbaclou et ses drôles
de matelots en juin 97 dans* Princesse Chipie et Barbaclou.

Dans la même collection

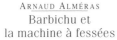

Arnaud Alméras
Barbichu et
la machine à fessées

Barbichu et
le détecteur de bêtises

Calamity Mamie

Les vacances de
Calamity Mamie

Hubert Ben Kemoun
Tous les jours, c'est foot !

Nicolas-Jean Brehon
Un petit grain
de rien du tout

Claude Clément
Bon anniversaire
Barbaclou !

Jean-Loup Craipeau
Un Noël à poils doux

Elsa Devernois
Qu'est-ce que tu me
donnes en échange ?

Danielle Fossette
Je ne veux pas
aller au tableau !

Je me marierai
avec la maîtresse

Thierry Lenain
Menu fille
ou menu garçon ?

Crocodébile

Geneviève Noël
Un super anniversaire

Ann Rocard
Le loup qui
avait peur de tout

Le loup qui tremblait
comme un fou

Le loup qui n'avait
jamais vu la mer

Béatrice Rouer
T'es plus ma copine !

Mon père,
c'est le plus fort !

Tête à poux

Nulle en calcul !

Le pestacle
et les pétards

Souris d'avril !

Éric Sanvoisin
Bizarre le bizarre

N° d' éditeur : 10032565 - (I) - (8) - CSBG - 170
Dépôt légal : septembre 1996
Impression et reliure : Pollina s.a., 85400 Luçon - n° 70544
Conforme à la loi n° 49956 du 16 juillet 1949
sur les publications destinées à la jeunesse.
ISBN 2.09.282410-4